冰波
心靈成長童話集 2

變大變小的獅子

冰波 著

新雅文化事業有限公司
www.sunya.com.hk

導讀

愛上學習，感受學習的樂趣

我們由出生開始就在學習，例如學走路、學說話、學寫字，長大一點就學唱歌、跳舞、彈琴、做運動等等。此外，我們還在學習與人相處、培養良好品德等等。怎麼有這麼多東西要學？不用怕，看看你自己，不是已經學會很多了嗎？

在學習中成長，是一件快樂的事。在《大灰狼來要飯》裏面，大灰狼沒有一技之長，要討東西吃，後來他學會了種紅薯。大灰狼認真地翻土、播種，看着自己種的紅薯長出來了，心裏多高興呀！

有些人認為自己沒什麼本領，提不起學習的興趣。其實，即使是細小的本領，也是有用的。就如《細顎龍學捉鼠》，大部分恐龍都去學噴雲、噴火、打雷等，細顎龍卻去學捉鼠，後來找到一份讓他很滿足的工作。《青蛙哥哥練氣功》裏，青蛙哥哥在修練好像沒什麼用的氣功，但在危急關頭，這氣功可是救了他和妹妹的性命呢！所以說，不論大小本領，都應該學起來！

不過，學習可不能貪快、貪多。就像《疾走龍去旅遊》，疾走龍到過很多地方旅遊，可是每個地方都是匆匆而過，沒什麼印象。後來他明白到，旅遊需要靜下心來欣賞，才會有所發現，有所得着。又如《寫字熊和畫畫熊》，寫字熊和畫畫熊各有長處，可是他們只顧鬥快寫字和畫畫，忘了一個很重要的原則——要做得好。

世界這麼大，新奇有趣的事物這麼多，我們還有許多東西要學習呢！讓我們一起努力，在不斷學習的過程中，成為更優秀的人！

目錄

大灰狼來要飯

一天早上，小猴和小兔剛起牀，兔奶奶就說：「今天的早餐，給你們吃烤紅薯，好不好啊？」

小猴和小兔正在穿衣服的時候，就聞到了烤紅薯的香味。兔奶奶給他們一人一個烤紅薯。

小猴和小兔正捧着熱乎乎的紅薯吃的時候，忽然看到大灰狼走過來了。「行行好，請給我一點吃的吧。」大灰狼伸着手說。

小兔說：「咦，大灰狼，你怎麼出來要飯了？」

大灰狼說：「沒辦法，我的牙齒掉光了……」

這時候，小猴看見大灰狼嘴裏明明有着整齊的牙齒。小猴說：「你不是有牙齒嗎？」

大灰狼把嘴裏的牙齒都拿了出來，說：「這是假牙……」

這時候，兔奶奶走出來了。她拿出幾個烤紅薯交給大灰狼：「拿着，吃吧。」

大灰狼好感動啊，眼淚都流下來了：「謝謝，謝謝……」

大灰狼剛要走，兔奶奶叫住了他：「大灰狼，你年輕，身體又好，不能總是要飯。來，我教你怎樣種紅薯……」

大灰狼高高興興跟着兔奶奶進屋。兔奶奶給了大灰狼好幾本種紅薯的書，還給他講了很多種紅薯的技術。回家的時候，兔奶奶還給了大灰狼許多生的紅薯。

一會兒，大灰狼捧着兔奶奶給他的紅薯和書，高高興興地回家去。這輩子，大灰狼還從來沒有學習過什麼，這回學到了種紅薯的技術，讓他興奮得不得了。

大灰狼的家在山裏。他在屋子周圍開出一塊地來，把地裏的石頭啦，樹枝啦，

都細心地撿走，再把很大的土塊敲碎，讓它們變成又細又鬆的土。然後，大灰狼小心地把紅薯切成一塊一塊，種到地裏去。

「它們會長出苗來的……」大灰狼蹲在邊上，心裏充滿了希望。大灰狼天天去地裏看。

過了一些日子，當地裏冒出了一些嫩嫩綠芽的時候，大灰狼是多麼高興啊。他忽然覺得，老老實實地種地，盼望着地裏長出莊稼來，是一件非常愉快的事。

細顎龍學捉鼠

森林裏有一個恐龍學校，各種各樣的小恐龍都要在這裏學習。

鈴聲一響，恐龍們都向自己的教室走去。有的去上「噴雲課」，學習噴雲吐霧的方法；有的去上「打雷課」，學習打雷閃電的本領；還有的去上「噴火課」、「造雨課」，這些課反正都是教一些大本領。

校門口站着一隻小恐龍，他的個子才像一隻雞那麼大，哪個教室他都不敢進去。他就是細顎龍。

最後，細顎龍看到有一間很簡陋的教室，上面寫着「捉鼠班」。教室裏空空的，只有一個恐龍老師孤零零地坐着。捉鼠是恐龍們都不願意學的一樣本領。所以，沒有一隻恐龍願意來。

細顎龍走了進去。恐龍老師很高興，終於有一個學生願意來跟他學捉鼠了。

老師很認真地教着，細顎龍很認真地學着。經過很長時間的學習，細顎龍學會了所有的捉鼠本領。

有一天，老師對細顎龍説：「現在考

試。在這個教室裏，我放了一隻假老鼠，看你能不能一下子就給我找出來。」

細顎龍運用老師教過的本領，用他的眼睛凝神一看，就看到在垃圾堆裏有一隻假老鼠。細顎龍一下子就把他找了出來。

老師很高興，對他說：「好啦，你可以畢業了，不管老鼠躲在什麼地方，用你的慧眼，一下子就能看到了。」

細顎龍高高興興地拿着畢業證書，去找工作。

他在森林裏東看看，西看看，很快，就用他的慧眼，看到了一隻在泥洞裏睡覺的小老鼠。細顎龍衝上去，一挖兩挖，就把泥洞挖開，捉住了小老鼠。

「哈哈，小老鼠哪裏逃得過我的眼睛！」細顎龍很高興。

當細顎龍正要摔死小老鼠的時候，一隻大手搭住了他的肩膀。

「住手！」細顎龍回頭一看，一個力大無比的小熊站在他面前。

「放開小老鼠！」小熊眼露兇光地說，「在我們這裏，小老鼠和我一樣，是村民，誰也不准傷害他！」細顎龍傻眼了。

這樣的話，他學的專業不是用不上了嗎？

這時候，小老鼠的媽媽哭着過來了。「啊，我的孩子啊，原來你在這裏。我的十五個孩子，總是找到了這個又丟了那個，真是麻煩啊！看，現在還有另外三個孩子沒有找到……」

忽然，有一個念頭在細顎龍的腦子裏一閃。「鼠媽媽，你別急，我可以幫你把小老鼠找到。」

「真的？」鼠媽媽立刻來了精神。

細顎龍用他的慧眼四處一看，立刻看到了。細顎龍說：「草堆裏有一個，還有兩個在西瓜皮裏面。」

鼠媽媽去找，果然，細顎龍說的沒錯，小老鼠全部都找到了。

後來，細顎龍找到了工作。他在他的小屋門口立了一塊牌子，上面寫着「失散鼠尋找處」。

從此以後，森林裏再也沒有失散的小老鼠了。

細顎龍的本事雖小，但是，他還是很滿足的。他認為像他這樣小的恐龍，也可以有事做，真是太好了。

青蛙哥哥練氣功

青蛙妹妹在路上看到了青蛙哥哥：「哎呀，青蛙哥哥，你的肚子怎麼那麼大呀？」

青蛙哥哥很驕傲：「當然啦，你敲敲。」

青蛙妹妹在他的肚子上一敲，「梆，梆！」像敲足球，好響哪。

「這叫氣功，裏面裝的都是氣，我練出來的。」青蛙哥哥得意地說。

「氣功有什麼用呢？」青蛙妹妹很

好奇。

「哈，那可太有用了！你瞧着——」青蛙哥哥看着地上，在他的面前，有六隻螞蟻在走路。他呼地吹了一口氣，六隻螞蟻就都摔了一個跟頭。

「這個我也會呀。」青蛙妹妹說。

「那可不一樣，你瞧，螞蟻被我一吹，就爬不起

來了。」六隻螞蟻真的被青蛙哥哥吹得六腳亂划，爬不起來了。

這時候，有一條大蛇偷偷地靠近了，張開大口，想來吃青蛙妹妹。「哇！救命呀！」青蛙妹妹嚇得大叫。

青蛙哥哥一個轉身，呼地朝大蛇的嘴巴裏吹了一口氣。那條大蛇立即像個氣球一樣被吹大了，然後，嘭的一聲，爆炸了。

「天哪，」青蛙妹妹摸着青蛙哥哥的大肚子説，「氣功這麼厲害呀！」

想起剛才的事，青蛙哥哥也嚇壞了，他噗地放了一個屁，肚子就癟了。「氣都漏光了，明天又得再練了……」青蛙哥哥説。

現在，青蛙哥哥的氣功還沒有練到最好，但是，他會越練越好的。

大蘋果

在地上，有一大片菜地。在菜葉上，生活着很多的菜青蟲。菜青蟲們咕嗒咕嗒地吃着菜葉。

「呸，呸！真難吃啊。」菜青蟲們一輩子吃的都是菜葉。他們雖然討厭菜葉，卻又不敢去吃別的東西。因為，菜青蟲的祖先傳下來一句話：「這個世界上，除了菜葉，別的一切都是有毒的。」所以，菜青蟲們只好每天咕嗒咕嗒地吃着菜葉。

有一天，隨着咚的一聲響，不知從什麼地方掉下來一個大蘋果，正好落在菜地上。大蘋果發出很好聞的香氣。可是，所有的菜青蟲都逃開了。他們想：這麼香的東西，毒性一定更厲害。

這時候，有一個名字叫小白點兒的菜青蟲，一邊用力聞着那香味，一邊想：我要去嘗嘗看，它是什麼味道……他向

大蘋果爬過去。

所有的老菜青蟲都叫起來：「小白點兒，別去啊，有毒的！」可是小白點兒說：「不嘗一下，怎麼知道它是不是有毒的呢？」

小白點兒爬到大蘋果上，咔嚓咬了一口，咕喳咕喳地嚼。「哇！真甜啊，真好吃。」小白點兒一邊吃着，一邊鑽進大蘋果裏面，大吃起來。

等到小白點兒吃飽了，從裏面鑽出來的時候，他發現，大蘋果上已經爬滿了菜青蟲。他們都在大口地吃着蘋果肉。

從此以後，菜青蟲們知道了，除了菜葉，還有一樣好吃的東西，那就是蘋果。那麼，這個世界上，還有沒有更好吃的東西呢？

紅果子

紅果子五兄弟都有一張紅紅的臉，他們一起長在一棵極小的小樹上。這棵小樹雖然只有野草那麼高，可是她也是五個兄弟的媽媽呀。

「孩子們，」小樹媽媽說，「你們都快要成熟了，媽媽雖然不想離開你們，可是，媽媽還是希望你們飛到遠遠的地方去生長。」這就是小樹媽媽的心願。

有一天，包着紅果子的莢殼裂開了。紅果子兄弟就在這一刹那，被彈出去了。

老大彈得最遠，一直彈到了水溝邊。老二彈到了一棵大樹下。老三彈到了一塊肥沃的黑土地裏。老四呢，彈到了岩石上，滾到山坡下去了。

媽媽說：「啊，他們都到了好地方，我放心了……」

可就在這個時候，媽媽發現，還有最後一顆紅果子留在莢殼上，沒有彈出去。這顆最小的紅果子低聲對媽媽說：「我……我很想彈出去，可是，不知為什麼，我還在這兒……」

媽媽一看，莢殼已經完全裂開了，也就是說，這顆最小的紅果子，再也不可能被彈出去了。用媽媽的眼光來看，這顆最小的紅果子，已經沒有前途了。媽媽看着最小的紅果子，眼光裏，盡是難過。

這時候，有一隻小鳥飛下來，停在了媽媽的身上。牠看見紅果子，一啄，就把紅果子吃進了肚子裏。

紅果子覺得，一下子變得一片漆黑了，而且身體亂搖着，頭很暈。紅果子傷心地想：我要死了，我要變沒了……

不知過了多久，紅果子忽然眼睛一亮。他從小鳥的肚子裏出來了，正隨着鳥屎一起往下落呢——他被小鳥吃進肚子裏，現在又被小鳥拉出來了。

他掉在了懸崖上的一條小縫裏。這是一大片光禿禿的懸崖，上面連一棵草都沒有。這時候，紅果子發現，自己不再是

紅果子，他在小鳥的肚子裏待了那麼久，已經變成一個硬硬的核了。

過了好久，就在這條小縫裏，紅果子發芽了。他綠色的嫩芽，倔強地從石縫裏長出來，伸向有陽光的地方。

在陽光下，他慢慢長大了。光禿禿的懸崖上，終於有了一棵活的小樹苗。

就在那片懸崖的下面，小樹媽媽抬頭看着懸崖上的小樹苗，心裏想：看，那樣的孩子才真是有出息，要是我的孩子能像他就好了。

疾走龍去旅遊

有一隻疾走龍，剛生出來，走路就比別的恐龍快。大家都說：「啊，走得這麼快，好厲害！」

聽到大家的表揚，疾走龍受到了鼓勵。他想：我一定要好好學習快速走路，不能讓大家失望啊！於是，他就更加努力地學習快速走路。

起先，他走路時能看見樹一棵一棵往後倒。

後來，他走得更快了，走路帶起的

風會吹掉樹上的果子。

最後，他走路時連樹也看不到了，風也沒有了，別人只能看見一道影子閃過。

只要大家看到路上有白色的影子閃過，就會說：「啊，剛才疾走龍來過了。」

春天的時候，動物們都要去遠方旅遊。小猴說：「不管去哪裏，我們回來

的時候都要把當地的東西帶回來。我們要把它們留作紀念，然後再用這些東西開一個展覽會。」

疾走龍聽說了，也想去。他說：「我一定把最好的東西帶回來。你們看着好啦！」

這天，大家都出發了。

小猴去了海邊。回來的時候，他帶來了貝殼。

小貓去了深山。回來的時候，他帶來了山裏的寶石。

小兔去了熱帶，回來的時候，他帶來了好吃的水果。

腕龍去了北極，他給大家帶了一塊北極冰。可是路途太遠，回到家已經變成水了。但是大家都說：「這樣也很好啊，北極的水，我們也是第一次見到呢。」

大家正在談論旅遊中遇到的事，疾走龍回來了。小猴奇怪地問：「疾走龍，你走得那麼快，為什麼這麼晚才回來啊？」

疾走龍得意地說：「我走過了好多

地方呢！海邊、深山、熱帶、北極……能去的地方，我都去了。」

小兔問：「你帶回來什麼當地的好東西了？讓我們看看吧。」

小貓說：「你看到什麼有趣的事了？給我們說說吧。」

疾走龍愣住了，他奇怪地說：「什麼？旅遊不就是到沒去過的地方走一圈嗎？還要記什麼有趣的事啊？」

小猴笑翻了，說：「旅遊不但是去沒有去過的地方，還要留意那裏有趣的事，了解那裏的風土人情，不然，玩過了，什麼都沒得到啊！」

小貓拿出一個本子，說：「你看，這些都是我記的。」

小兔拿出一本相冊，說：「你看，這些都是我拍的。」

小猴說：「旅遊需要靜下心來欣賞、品味。像你這樣飛快地走，怎麼會有收穫呢？」

疾走龍一聽，感到難為情。他想了

想，說：「好，我再去一趟。這次，再不會犯那樣的錯誤了。」

說完，他唰地一轉身，就不見了。

大家看到白色的影子一閃，都說：「疾走龍又出發了。」

小青蟲的夢

夏夜的草叢裏，音樂響起來了，它和月光一樣，彷彿會流淌。

「丁零零……」那是蟋蟀在開音樂會。他的琴彈得特別好，油亮亮的樣子也特別神氣。

「噢，偉大的音樂家！」到草叢裏來聽音樂的昆蟲們都這麼説。

躲在一片草葉底下的小青蟲，動也不敢動，她在偷偷地聽着。小青蟲雖然長得難看，但她愛音樂，愛得那麼熱烈。

「唉……」每當蟋蟀彈完一曲，小青蟲都會發出一聲輕輕的歎息，「太美了……」音樂，總會把小青蟲帶到一個

遙遠的夢境裏。

可是，蟋蟀不喜歡小青蟲，常常把她趕走。他揮着優雅的觸鬚，不耐煩地說：「我的音樂這麼美，你這麼醜，去去去！」

小青蟲只能傷心地爬開，躲在遠遠的地方流眼淚。眼淚裏，映着滿天冷冷的小星星。

「丁零零……」音樂又傳來了。

小青蟲抬起頭來，凝神聽着，望着那遠遠的、朦朧的草叢。那裏顯得更加迷人了。

她輕輕地向前爬去，後腳踩着前腳的腳印。她爬到一棵小樹上。誰也沒有發現她。

月亮是那麼圓，星星是那麼亮。蟋蟀就在這棵樹下彈琴。「這裏就像是那個夢境。」小青蟲心裏説。

小青蟲躲在一片樹葉底下，悄悄地做了一個繭。她想：藏在繭裏面聽，蟋蟀就看不見我了。

一個淡灰色的繭，在風裏輕輕搖晃着。細絲織成的繭，把別的聲音全擋在外面，只有音樂能傳進來，在繭裏面輕輕迴響。

聽着優美的音樂，小青蟲睡着了。她做了一個夢，夢見自己長出了一對可以跳舞的翅膀。音樂一直陪伴着這個好長好長的夢。

當小青蟲醒來時，她已經變成了一隻美麗的蝴蝶，美麗得讓她自己也吃驚。蝴蝶從繭裏飛出來。

蟋蟀仰起頭來，看着她。「啊，像個仙女！仙女……」蟋蟀說。

蟋蟀大概還不知道，這美麗的蝴蝶就是那醜小青蟲變的；蝴蝶大概也不知道，如果沒有音樂，她會是什麼樣子。

琴聲又響了。音樂融在月光裏，在草叢裏流淌。蝴蝶合着音樂，翩翩起舞。

昆蟲們都在想：是蟋蟀的音樂使蝴蝶變得更美了呢，還是蝴蝶的舞蹈讓音樂變得更美了？

小女巫

山裏住着一個小女巫，她每天都很認真地學習魔法。可是，魔法書實在太難了，她常常看不懂。所以，她變魔法的本事挺差。

就是本事差，小女巫也想把魔法表演給小朋友們看。有一次，她終於請來了幾個小朋友。小女巫很高興地開始變魔法。

她的魔棒一點，桌上的一個雞蛋，就變成了一塊石頭；魔棒再一點，桌子上的蘋果，就變成了一團泥巴；魔棒又一點，桌子上的一頂很漂亮的帽子，立刻變成了一隻破塑料袋。

小朋友們問：「有沒有把差東西變成好東西的魔法？」小女巫不好意思地搖搖頭：「我不會……」

因為小女巫變的魔法不好看，小朋友們來得越來越少了。這下，小女巫就着急了。

有一天，她在家門口豎了一塊牌子，上面寫着：給我一顆鈕扣，給你變成一條裙子！歡迎光臨！

好奇的小朋友們都來了。小女巫拿出一根針，說：「這是一根魔針，給我一顆鈕扣，我能給縫出一條裙子來！」

一個小女孩拿出了一顆鈕扣，只見小女巫用那根針揮了幾下，真的縫出來一條漂亮的裙子。

另一個小女孩也拿出來了一顆鈕扣，只見小女巫又用那根針揮了幾下，一下子縫出來了一件漂亮的花襯衫。

這時候，一個男孩拿出來了一顆鈕扣，說：「小女巫，請你給我縫一條牛仔褲吧。」

小女巫的針揮來揮去，可是，怎麼也縫不出一條牛仔褲來。她忽然難為情地哭起來：「對不起，我的家裏沒有男式的牛仔褲……」

這下，小朋友們都明白了，原來，小女巫的魔法是假的，剛才縫出來的裙子和花襯衫，其實是小女巫自己的衣服。男式的牛仔褲，小女巫家裏當然沒有啦。

發生了這件事以後，小女巫家裏的客人反而越來越多了。雖然小女巫使魔法的本事很差，但是，她很善良、很熱情，小朋友都喜歡她。

寫字熊和畫畫熊

有一隻小熊，他特別愛寫字，大家叫他寫字熊。另一隻小熊，他特別愛畫畫，大家叫他畫畫熊。

有一天，兩隻小熊在湯圓店裏相遇了。

寫字熊說：「畫畫好是好，就是太慢了，沒有我寫字快。」

畫畫熊說：「什麼？寫字才慢呢，哪有我畫畫快！」

他們誰也不服氣，決定比一比：「我

們就比寫、畫湯圓吧。」

寫字熊寫：碗裏有一個湯圓。寫字熊還沒有寫完，畫畫熊早就畫好了。

寫字熊又寫：碗裏有一百個湯圓。寫字熊早就寫完了，畫畫熊連十個湯圓還沒有畫完呢。

這時候，湯圓店的老闆拎着兩隻熊的耳朵，教訓他們：「兩個傻瓜，寫字、畫畫是用來比誰快嗎？應該比誰寫得好，誰畫得好！」

老闆罰寫字熊每天寫湯圓一百遍，畫畫熊畫湯圓一百遍。

老闆在旁邊監督着，他們兩個只好很認真地寫着、畫着。

後來，寫字熊寫的字成了湯圓店的招牌，畫畫熊畫的畫掛在了店裏。他們寫的字、畫的畫都是最好的。

武士三角龍

武術學校裏，武術冠軍猴教練正在給三隻小三角龍上課。他們學得可認真啦！

猴教練問：「我們的進攻武器是什麼？」三隻三角龍齊聲回答：「我們的三隻角！」

猴教練又問：「我們的防衞武器是什麼？」三隻三角龍齊聲回答：「我們腦袋後面的頭盾！」

「對！」猴教練高興地説，「你們

已經全畢業了！你們是武士恐龍。現在，出發！」

他們排着整齊的隊伍，走在街上。

前面，有一隻暴龍正在欺負禽龍。猴教練問：「我們怎麼辦？」三隻三角龍齊聲回答：「衝啊！」

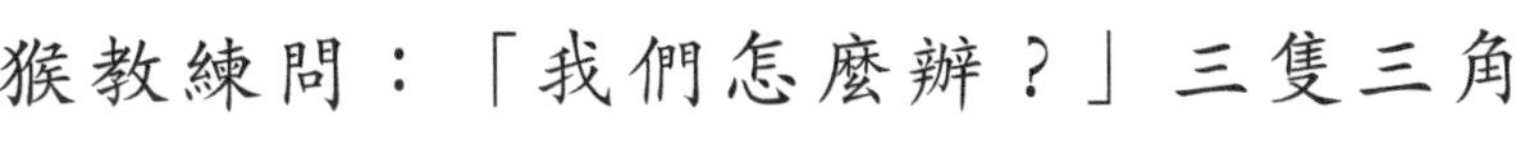

暴龍見三角龍們一起衝向他，嚇得叫起來：「這麼勇猛！要是被扎，三個洞一起流血啊！我還是快逃吧！」

三角龍們開心地笑了：「哈哈哈！我們勝利啦！」

「誰說你們勝利啦？敢和我比試比試嗎？」三角龍們聽到一個粗啞的聲音說，「三個小傢伙有什麼了不起！叫你

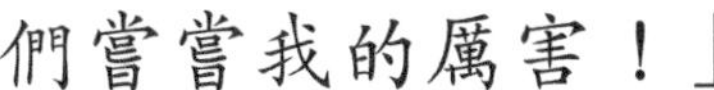

們嘗嘗我的厲害！」

啊，原來是最兇猛的霸王龍出現了！他張着滿是牙的大嘴巴，樣子好嚇人啊！

三角龍們感到有點緊張：「教練，我們、我們該怎麼辦？」

猴教練提醒他們：「注意，站好隊形！」

三隻三角龍立刻尾巴朝裏，頭朝外站好。

霸王龍衝上來了！他對準一隻三角龍的頭盾狠咬一口！「哎喲，這麼硬。

我的牙齒都斷了。這武器厲害！」

三角龍們叫起來：「來啊，再來！讓你嘗嘗我們的厲害！」

「好漢不吃眼前虧！我還是走吧！」霸王龍不敢再打，只好逃走了。

三角龍們開心地笑了：「哈哈哈！我們又勝利啦！」

三角龍們圍着猴教練提問題：「我們的角是怎麼來的？」「教練，你為什麼沒有呢？」「我們的頭盾是怎麼來的？」「古代人用的矛和盾，是從我們這兒學來的嗎？」

猴教練暈了：「唔，這些問題……怎麼回答呢？」他嚇得逃走了。

不過，他逃到了圖書館裏。猴教練在查書呢！不是說書本是最好的老師嗎？

變大變小的獅子

特魯魯獅子長得高大、強壯，看起來很威武。

可是，誰也不知道，特魯魯獅子有一個怪毛病，那就是，他的膽子非常非常小。一隻小鳥飛過，會嚇得他心慌老半天。頭上落下一片樹葉，特魯魯獅子也會抱腦袋，嚇得發抖。

有一次，他遇見一隻老虎。老虎朝他看了一眼，他嚇得拚命逃。逃啊，逃啊，特魯魯獅子的身體越變越小，變得像豹子一樣大了。

接着，他又遇到了一隻豹子。豹子看了他一眼，他又嚇得轉身就逃。逃啊，逃啊，他又變小了，變得像野貓一樣大了。

特魯魯獅子遇見一隻野貓。野貓朝他看了一眼，他又嚇壞了，轉身又逃。逃啊，逃啊，最後，特魯魯獅子變得像老鼠一樣小了。

像老鼠一樣小的特魯魯獅子遇見了一隻小白鼠，他們互相看了一眼，都嚇壞了。

糊里糊塗地，他們兩個都朝一個方向跑。跑了好長一段路，他們才停下來。

特魯魯獅子問小白鼠：「你為什麼跑啊？」

小白鼠說：「因為看見你，我感到害怕，才跑的呀。那你為什麼跑呢？」

特魯魯獅子說：「我也是因為看見你，感到害怕，才跑的呀。」

「哈哈哈！」他倆都笑了。就這樣，特魯魯獅子和小白鼠成了好朋友。一遇到有什麼動靜，他們就一起逃跑。

跑啊，跑啊，跑到安全的地方，他們就抱在一起互相安慰：「好了，好了，別怕，別怕。」

有一次，特魯魯獅子在睡午覺，忽然聽到小白鼠在喊：「救命呀！救命呀！」

特魯魯獅子一看，原來是一隻野貓

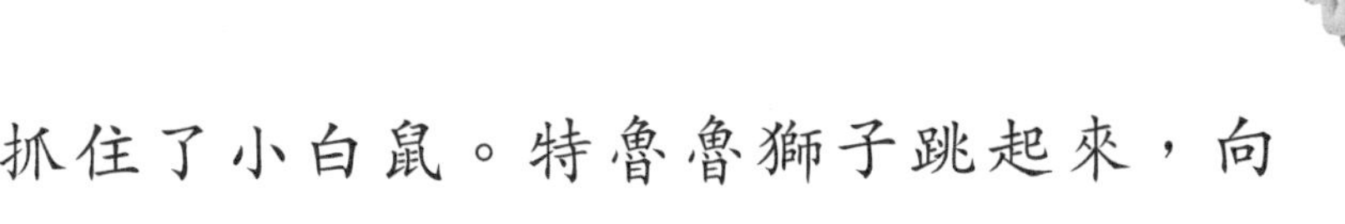

抓住了小白鼠。特魯魯獅子跳起來，向野貓衝去，大聲叫着：「放開小白鼠！」

特魯魯獅子一邊跑一邊變大，一會兒就變得像野貓一樣大了。野貓看到一隻跟自己一樣大的獅子，嚇得趕緊放下小白鼠，逃走了。

小白鼠說：「哇，特魯魯獅子，原來你像野貓一樣大啊，你好棒啊！」

這時候，遠處有隻小鹿在喊：「救命呀，救命呀！」原來是一隻老虎把小鹿抓住了。

小白鼠嚇壞了，說：「好可怕呀，我們快逃吧……」突然，特魯魯獅子向老虎衝了過去：「不許欺負小鹿！」

特魯魯獅子一邊跑，身體一邊變大，變得像老虎一樣大，威武又強壯。老虎一看是大獅子衝過來了，趕緊放下小鹿，逃走了。

小鹿說：「謝謝你，大獅子！你救了我的命！你真是又威武又強壯啊！」

小白鼠也說：「哇，特魯魯獅子，你變得這麼大了呀，你好棒啊！」

特魯魯獅子想：怎麼回事啊，我也不知道我為什麼會變大的……

小白鼠說：「和你在一起，我一點也不害怕了。」

特魯魯獅子也說：「和你在一起，我也不害怕了。」

忽然，一片樹葉掉下來，特魯魯獅子和小白鼠又嚇得一起逃。

逃啊，逃啊，特魯魯獅子又變小了，最後一直變到像小白鼠那麼小。

真是奇怪，特魯魯獅子就是這麼一隻會變大變小的獅子。

青蛙武士的影子

有一隻青蛙，他喜歡練武功。

「早就聽説，蛤蟆武士是個很厲害的傢伙，他不但身材高大，而且武功一流。但是，我要打敗他！」

青蛙揮着他的細胳膊細腿，繼續練武功。可是，他的進步不快。

有一天早晨，青蛙在練武功的時候，看到了自己的影子。

早晨的陽光，把他的影子拉得很長。

「啊，看了我的影子，我才知道，

原來我這麼高大啊！」青蛙他想起來，以前看到的蛤蟆武士，好像還沒有自己一半高大呢。

「是戰勝蛤蟆武士的時候了！」青蛙對自己說。

他向蛤蟆武士的家走去。

蛤蟆武士的家很遠，一直走到中午，青蛙才來到蛤蟆的家門口。

「蛤蟆武士，快快出來投降吧！」青蛙叫着，「我才是最高大的武士！」

蛤蟆武士正在午睡呢，被吵醒了，顯得非常不高興。

蛤蟆武士出來了，問道：「你剛才說什麼？」

青蛙說：「我說，我才是最高大的武士。」

蛤蟆武士聽了，哈哈大笑。

青蛙再回頭一看自己的影子，只見自己的影子短短的、小小的。

「啊？我什麼時候又變小了？」

青蛙不顧一切地衝上去，可是，無論青蛙怎麼推蛤蟆武士，蛤蟆動武士也不動。

接着，蛤蟆武士把青蛙輕輕一推，青蛙就一個跟頭摔出去老遠。

「看起來，我現在還鬥不過蛤蟆武士……」青蛙摸着摔痛的屁股，趕緊逃回去。

青蛙往回走。走呀，走呀，走到傍晚，他看到自己的影子，發現自己又變得高大了。

青蛙怎麼也想不明白：我那麼高大，怎麼會打不過蛤蟆武士呢？

大葫蘆

熊媽媽有四個孩子：熊老大、熊老二、熊老三和小小熊，他們都很聰明。

熊媽媽很想知道，他們當中到底誰是最聰明的。她說：「我要考考他們。」

她拿來了四隻空的大葫蘆，分給他們每人一隻，忽然問道：「請你們說說，這大葫蘆可以做什麼用？」

熊老大先說：「我把葫蘆的頭上挖個洞，媽媽燒菜用的醬油就可以裝在裏面了。」

熊媽媽説：「嗯，這個想法很聰明。」

熊老二説：「我把葫蘆橫着切開，上面一半可以當帽子，下面的一半可以當飯碗。」

熊媽媽説：「嗯，這個想法也很聰明。」

熊老三說：「我把葫蘆豎着切開，正好分給松鼠雙胞胎一人一半，他們睡在裏面會很舒服。」

熊媽媽說：「嗯，又是一個聰明的想法。」

現在輪到小小熊了，他說：「我要用這隻葫蘆裝下整個大海。」

熊媽媽想：天哪，小小熊看起來有

點傻，葫蘆怎麼能裝海呢？

可是，小小熊很自信地說：「好吧，我裝給你們看。」

小小熊把大家帶到了大海邊，把大葫蘆丟進了海裏：「看，我把大海裝在葫蘆上了。」

大家還是不明白。小小熊說：「你們都是把東西裝在葫蘆的裏面，我是把

東西裝在葫蘆外面。你們看，大海不是都裝在葫蘆的外面了嗎？」

大家想想，是啊，小小熊的想法雖然很特別，但是也很對啊。

最後，熊媽媽還是沒有弄明白，到底是哪個兒子最聰明，反正四個兒子都聰明。

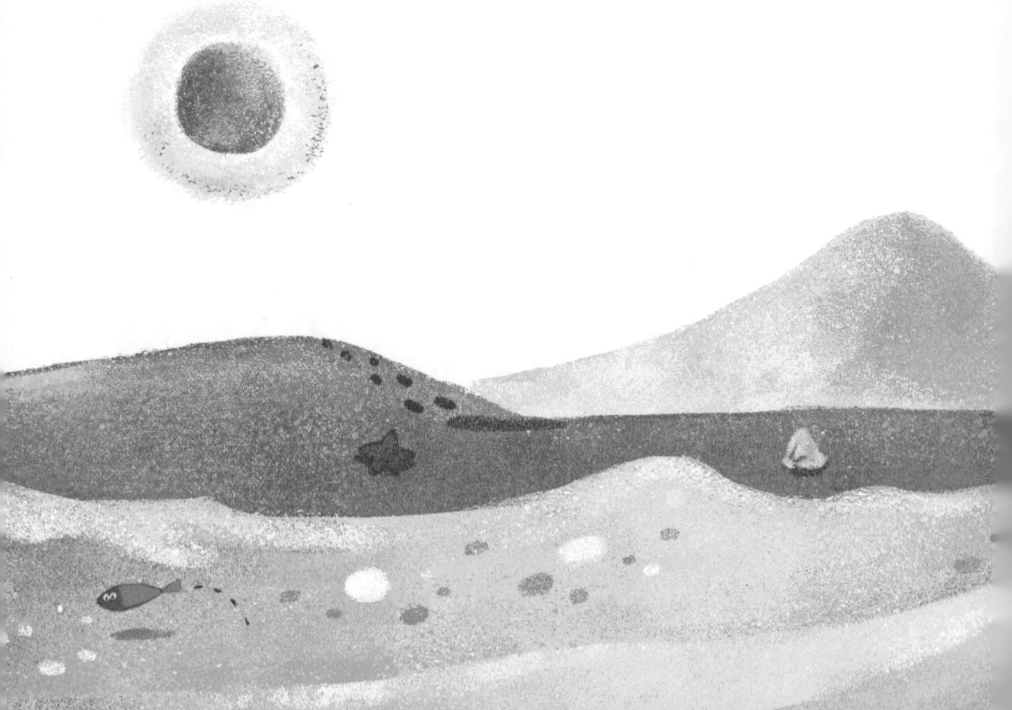

打鼓龍

南瓜村有一條最大的街，平常總是熱熱鬧鬧的，可是到了每天的中午，就會很安靜。

因為，中午是動物們午睡的時間，誰也不會發出很響的聲音。要是動物們被吵醒了午睡的話，脾氣就會很不好。

可這天，就在這個時候，街上響起了一個很響又很怪的聲音：

「咚咚，咚咚……」

這個聲音從遠處傳來，越近越響，

到了街上的時候，就響得不得了了。

「咚咚，咚咚！」

簡直像打鼓一樣，把大家都吵醒了。

街邊許多房子的窗子都打開了，從窗子裏伸出來的頭，都帶着很憤怒的表情。

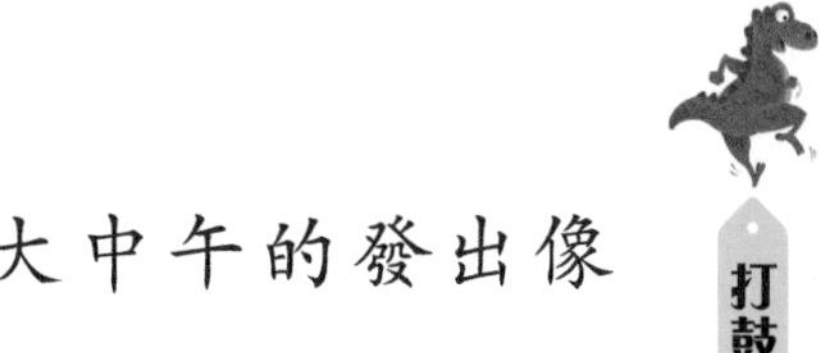

「是哪個壞小子，大中午的發出像打鼓一樣的聲音？」

原來街中央的馬上正站着一個龍，他正對大家點頭打招呼呢：「嗨，大家好，我是打鼓龍。」

可是，大家並沒有看見打鼓龍身上帶着鼓呀。

「嘿，我的肚子就是我的鼓。瞧！」

説着，打鼓龍抬起身子，用兩隻很短的前腳，在肚子上敲着：「咚咚咚，咚咚咚！」

大家問他：「你到這裏來幹什麼？」

打鼓龍説：「我想在南瓜村裏找一份工作。」

胖小豬説：「你會打鼓，怎麼到街上來找工作，應該到樂隊去當鼓手呀。」

打鼓龍説：「對呀，真是個好主意。

我去樂隊了。再見！」

打鼓龍一邊打着鼓，一邊走遠了。

打鼓龍來到了南瓜村的樂隊裏。

樂隊的猴子團長說：「啊，我們正好缺一個鼓手，你就留下吧。今天晚上

就開始演出。」

晚上，像往常一樣，南瓜村的樂隊要開始演奏了。樂手們都坐在自己的位子上，等待着指揮信號。

打鼓龍也乖乖地坐在自己的位子上。忽然，指揮向打鼓龍點了一下，意思是讓他打鼓。

打鼓龍立即站了起來，在台上走來走去，一邊走，一邊打鼓。

指揮悄悄地說：「快坐下，這是在演奏呢。」

可是，打鼓龍還是在台上走來走去。

觀眾們都不高興了。他們從來沒有

看見過這樣的樂隊，演奏的時候，有人在台上走來走去。這種演出，一點也不高雅。很多香蕉皮、蘋果皮都向台上丟過來。

演出失敗了。

猴子團長發火了，把打鼓龍趕出了樂隊。

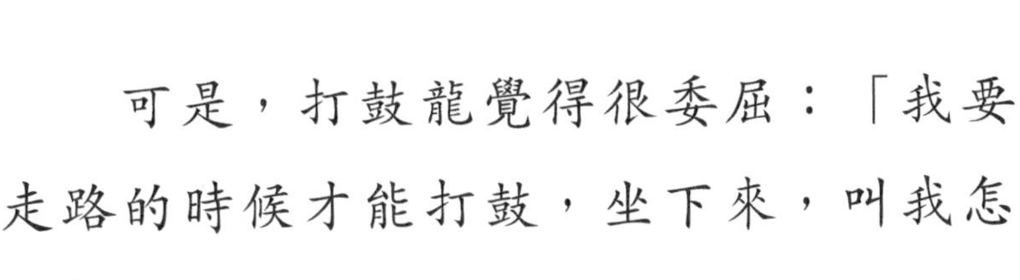

可是，打鼓龍覺得很委屈：「我要走路的時候才能打鼓，坐下來，叫我怎麼打鼓呢？」

好不容易有了一份工作，現在又丟了，打鼓龍很傷心，坐在路邊哭。

正在哭着的時候，他聽到有一個聲音在陪着他哭。一扭頭，打鼓龍看見一隻小鴨子也在他的旁邊哭着。

「你為什麼哭呀，也是因為沒有工作嗎？」打鼓龍問。

「我想過馬路，可是，車子這麼多，我不敢過去。」小鴨子說。

打鼓龍說：「那你坐到我的背上，我背你過去。」

小鴨子坐到了打鼓龍的背上，打鼓龍一邊往對面走，一邊當然不停地打着他的肚子——也就是他的鼓。聽到鼓聲，路上的車子都停下，讓打鼓龍先過。

小鴨子說：「打鼓龍，你真棒！你到我們學校去工作吧。」

「到學校去工作？」打鼓龍很有興趣。

打鼓龍來到了學校裏，他問袋鼠校長：「我能在學校裏找到工作嗎？」

小鴨子說：「打鼓龍可以送我們小朋友上學校呀。」

袋鼠校長想了想說：「好吧，那你

就試試看吧。」

第二天早上，打鼓龍一邊打着鼓，一邊挨家挨户地去接小朋友，接來的小朋友，都放在打鼓龍的背上，接着，打鼓龍再一邊打着鼓，一邊往學校走去。

從此以後，不管是開車的還是騎車的，只要一聽到打鼓聲，就知道是打鼓龍在接送學校的小朋友，都會停下來，讓打鼓龍先過。

打鼓龍覺得很神奇，他得意地把鼓打得更響了。

小朋友們的家長也很喜歡打鼓龍，因為，只要一聽到打鼓聲，家長們就知道，那是打鼓龍把他們的孩子送回家裏來了。

打鼓龍終於找到了一份特別好的工作。他很愛自己的工作。

冰波心靈成長童話集 2

變大變小的獅子

作　　者：冰波
插　　圖：雨青工作室
責任編輯：陳友娣
美術設計：陳雅琳
出　　版：新雅文化事業有限公司
香港英皇道499號北角工業大廈18樓
電話：(852) 2138 7998
傳真：(852) 2597 4003
網址：http://www.sunya.com.hk
電郵：marketing@sunya.com.hk
發　　行：香港聯合書刊物流有限公司
香港荃灣德士古道220-248號荃灣工業中心16樓
電話：(852) 2150 2100
傳真：(852) 2407 3062
電郵：info@suplogistics.com.hk
印　　刷：中華商務彩色印刷有限公司
香港新界大埔汀麗路36號
版　　次：二〇二一年一月初版
二〇二三年七月第二次印刷

ISBN: 978-962-08-7663-9

18/F, North Point Industrial Building, 499 King's Road, Hong Kong
Published in Hong Kong SAR, China
Printed in China